Ça va mieux !

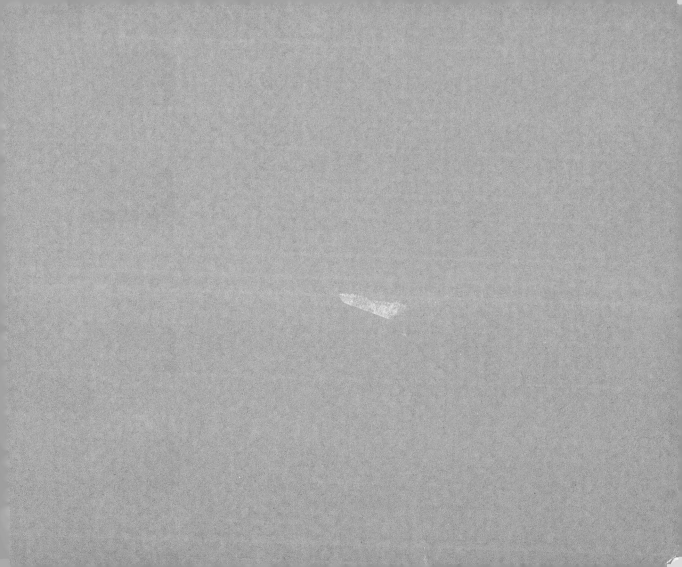

ISBN 978-2-211-05588-8
Première édition dans la collection *lutin poche* : octobre 1999
© 1994, l'école des loisirs, Paris
Loi numéro 49 956 du 16 juillet 1949 sur les publications
destinées à la jeunesse : janvier 1995
Dépôt légal : septembre 2017
Imprimé en France par Aubin Imprimeur à Ligugé

Jeanne Ashbé

Ça va mieux !

Pastel

les lutins de l'école des loisirs

11, rue de Sèvres, Paris 6ᵉ

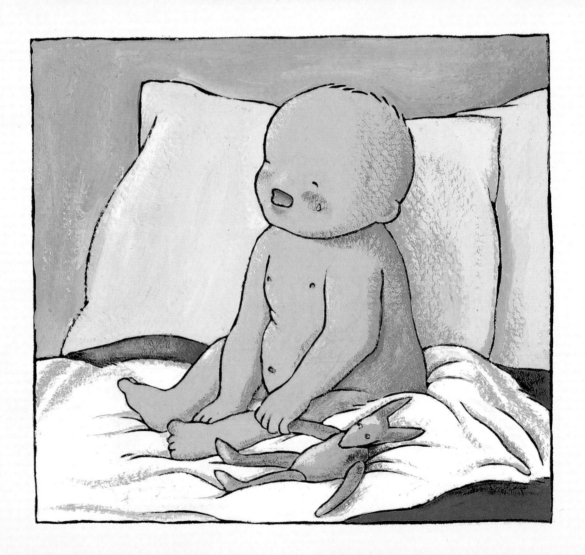

Ooh ! Il pleure
ce bébé-là.
Il est tout nu.

Il a froid !

Aah ! Ça va mieux !

Il a bien chaud
sous la couverture.

Ooh ! Il pleure
ce bébé-là
dans sa chaise.

Il a faim !

Aah ! Ça va mieux !

Il mange maintenant.
C'est bon.

Ooh ! Il pleure
ce bébé-là.
Il fait chaud.

Il a soif !

Aah ! Ça va mieux !

Ça fait du bien
de boire de l'eau.

Ooh ! Il pleure
ce bébé-là.
Il veut se mettre debout.

Il est fâché !

Aah ! Ça va mieux !

Bravo !

Comme il est grand.

Ooh ! Il pleure
ce bébé-là.
Son vélo est tombé.

Il s'est fait mal !

Aah ! Ça va mieux

dans les bras
de Maman !

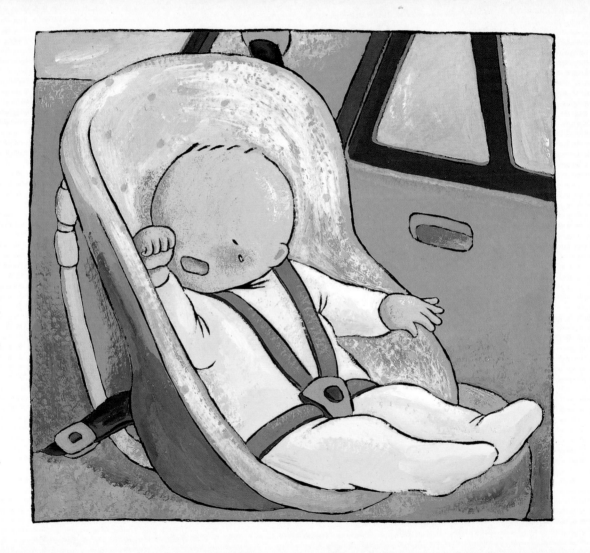

Ooh ! Il pleure
ce bébé-là.
Il est fatigué !

Il veut dormir.

Aah ! Ça va mieux !
Il dort.
Chhht !